A mi tía Adriana.
I. G.

A mi madre
y a mi padre,
que me han apoyado
durante todos estos años.
G. R.

Y también
a nuestras familias,
a nuestros amigos,
a Luca Chiarotti,
Francesco Mariotti,
Stefano Casini,
los colegas de Dada Firenze
y la escuela Nemo,
que han hecho que todo
esto fuera posible.

Puedes consultar nuestro catálogo en www.picarona.net

CHISPA
Texto: *Isabella Grott*
Ilustraciones: *Gianluca Rossi*

1.ª edición: noviembre de 2018

Título original: *Saetta*

Traducción: *Laura Fanton*
Maquetación: *Montse Martín*
Corrección: *Sara Moreno*

© 2011, la Margherita edizioni, Via Milano 73/75 12 - 20010 Cornaredo (Milán). Italia
(Reservados todos los derechos)
© 2018, Ediciones Obelisco, S. L.
www.edicionesobelisco.com
(Reservados los derechos para la lengua española)

Edita: Picarona, sello infantil de Ediciones Obelisco, S. L.
Collita, 23-25. Pol. Ind. Molí de la Bastida
08191 Rubí - Barcelona
Tel. 93 309 85 25 - Fax 93 309 85 23
E-mail: picarona@picarona.net

ISBN: 978-84-9145-199-0
Depósito Legal: B-24.527-2018

Printed in Spain

Impreso en España por ANMAN, Gràfiques del Vallès, S. L.
c/ Llobateres, 16-18, Tallers 7 – Nau 10. Polígono Industrial Santiga
08210 - Barberà del Vallès (Barcelona)

Isabella Grott
Gianluca Rossi

CHISPA

EL NIÑO QUE BRILLABA EN LA OSCURIDAD

Picarona

Dejadme ser la voz que os cuente una historia *ELECTRIZANTE* a la vez que tierna...

Eran aproximadamente las nueve de la noche cuando

Chispa de Relampos

vio la luz por primera vez.

Permitidme el juego de palabras, ya que realmente

todo se iluminó cuando, con el primer llanto

de Chispa, un rayo cayó sobre

la casa de la familia Relampos.

La casa se quedó a oscuras, el granero

se incendió y luego, de repente...

¡AAAAAAAHHHHH!

—¡Rápido, rápido,

llamad al señor Relampos! –gritó la comadrona.

Cuando el pobre hombre llegó, vio una escena
que no iba a olvidar nunca en la vida: ¡el bebé
brillaba literalmente,
iluminando la habitación como si fuera de día!

Y cuando el padre intentó tocarlo,

una fuerte descarga le entumeció el brazo,

dejándolo con los pelos de punta

y la mirada atónita.

Fue entonces cuando
volvió la luz
en casa de los Relampos.

Han pasado diez largos años,

la familia Relampos ya no vive en aquella
vieja casa y Chispa va a la escuela.
Al niño le encanta impresionar
a sus compañeros con sus habilidades
asombrosas.

Por ejemplo, es capaz de mantener,
nadie sabe cómo, el lápiz
suspendido sobre la palma
de su mano.

O puede pasar las páginas
de los libros acercando
la mano a las hojas,
pero **sin tocarlas...**

Como ya habréis deducido,

Chispa posee unas **extrañas habilidades**

que lo hacen diferente a los demás niños.

Cuando tenía 3 años, abrazó con fuerza a un compañero
de la guardería, Tomás: su amiguito se quedó
pegado a la nevera durante 2 días.

A los 6, acarició a su gato:

su pelo **se prendió**

y el pobre animal se fue corriendo
con la cola en llamas.

Y sucesos como éstos podría

contaros a cientos...

Chispa también logra sacar partido a sus poderes
haciendo que todos los objetos que necesitan
electricidad funcionen sólo con tocarlos.

Puede, por ejemplo, utilizar su cepillo eléctrico sin pilas,
o encender una vela frotándola en su pantalón
como si fuera una cerilla.

Su vida, sin embargo, es muy **solitaria:**
debido a sus **rarezas,**
sus compañeros lo temen, y por eso no juegan
con él ni lo invitan a sus fiestas.

Un día, durante el recreo, Chispa se da cuenta de que Juan,
un niño grande y fuerte de 5.º A, le está gritando
a una niña con el pelo oscuro y la mirada
un poco triste.

–¡Has roto mi juego electrónico, ya no se enciende!

Chispa saca todo su coraje y exclama:

–¡Espera! ¿Estás seguro de que está roto?

Toca entonces el videojuego que,
como por arte de magia, se enciende.

Juan hace una mueca y se va murmurando algo.

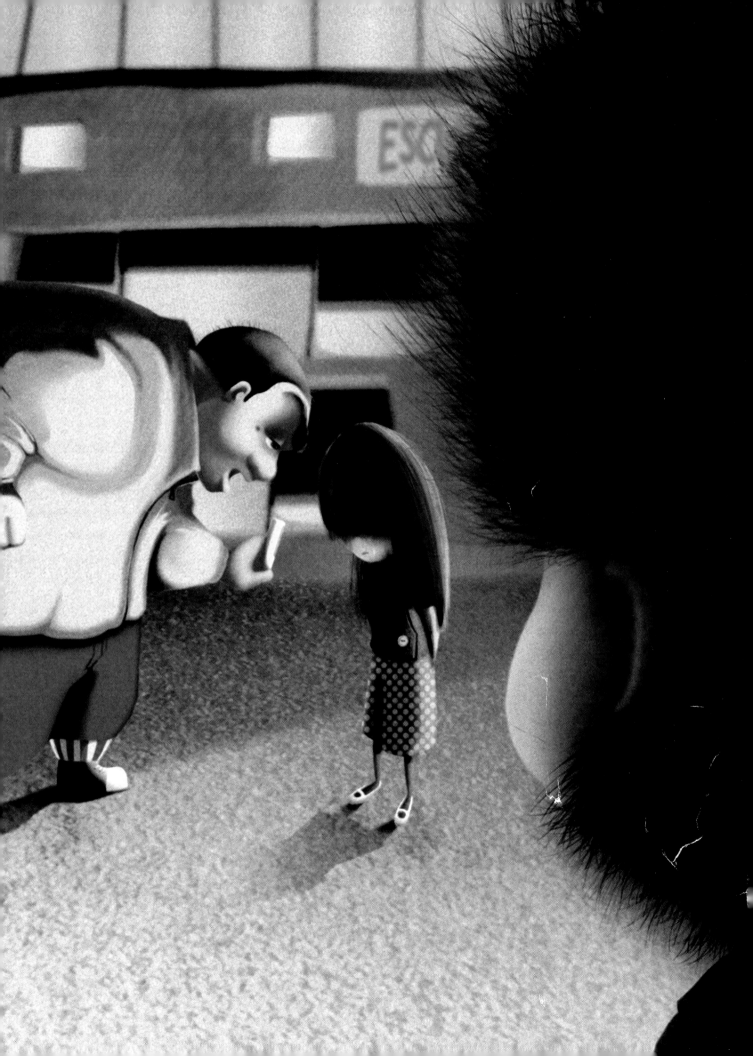

Chispa mira a la niña, que se llama Electra,

y le tiende la mano.

En cuanto se tocan, los dos tienen

una sensación extraña. Además, el pelo de Chispa

se vuelve completamente liso,

mientras que el de Electra,

de repente, adquiere volumen y vida.

Los niños entienden enseguida

que sus poderes son opuestos,

él desprende electricidad,

mientras que ella la absorbe.

Y cuando están juntos, ¡sus poderes se anulan!

¡Tal vez Chispa por fin haya encontrado una amiga!

Pero...

... un día, a la salida de la escuela, Chispa encuentra
a la madre de Electra, una señora alta, elegantemente vestida
y con un curioso sombrero de plumas en la cabeza.
Generalmente, la mujer no es muy amable con los amigos
de su hija.

Electra corre hacia su mamá y le pregunta:

—¿Puedo invitar a Chispa
a jugar a casa?

—En absoluto, ¡hoy tienes clase
de natación y de violín!
—contesta la mujer con severidad.

Los niños se ven obligados a despedirse.

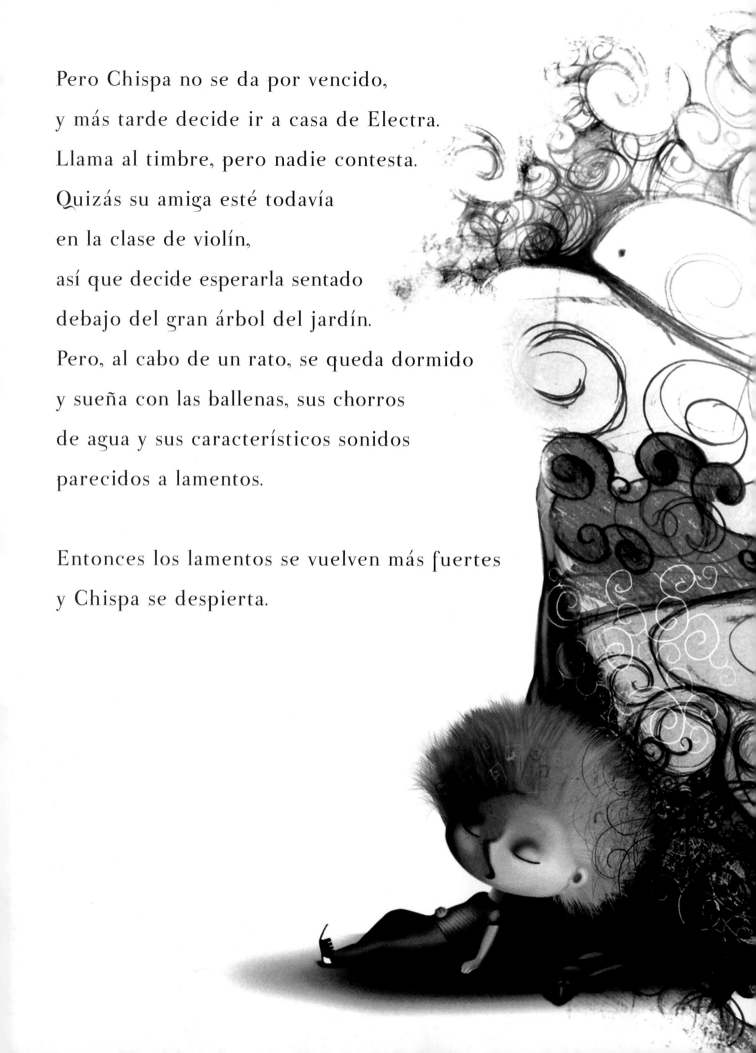

Pero Chispa no se da por vencido,
y más tarde decide ir a casa de Electra.
Llama al timbre, pero nadie contesta.
Quizás su amiga esté todavía
en la clase de violín,
así que decide esperarla sentado
debajo del gran árbol del jardín.
Pero, al cabo de un rato, se queda dormido
y sueña con las ballenas, sus chorros
de agua y sus característicos sonidos
parecidos a lamentos.

Entonces los lamentos se vuelven más fuertes
y Chispa se despierta.

Fuera ya es de noche, y alguien,

en la casa de Electra, grita:

—¡Socorro!

Inmediatamente, Chispa se pone en pie, trepa por un árbol

y entra en la casa a través de una ventana

que se ha quedado entreabierta.

En el interior está todo oscuro, pero él desprende

una luz tan intensa que ilumina toda la habitación.

Chispa alcanza las escaleras y, desde allí, consigue ver

a dos ladrones que están llenando un saco con joyas,

antigüedades y pinturas.

Chispa grita asustado, y los ladrones,

viendo la extraña figura luminosa, gritan a su vez:

—¡Un fantasma!

Y en seguida salen pitando, abandonando el botín.

«¡Después de todo, mi extraño don no está tan mal! –piensa Chispa–. ¡Esta vez ha servido nada menos que para evitar un robo!».

Electra y su mamá no dejan de darle las gracias a Chispa, cubriéndolo de besos y sonrisas.

Al día siguiente, en la escuela, Chispa es aclamado por sus compañeros y por las maestras.

Pablo lo invita a jugar al baloncesto, Martina le pregunta si quiere ser su compañero de pupitre y Mateo le regala un cromo de la colección de futbolistas que es difícil de conseguir.

Y, por la tarde, a la salida de la escuela, la mamá de Electra invita a Chispa a jugar con su hija.

A pesar de todo, la vida de Chispa va viento en popa, y promete un futuro...

ELECTRIZANTE